遠山

高濱虚子句集

深見けん二・編

ふらんす堂

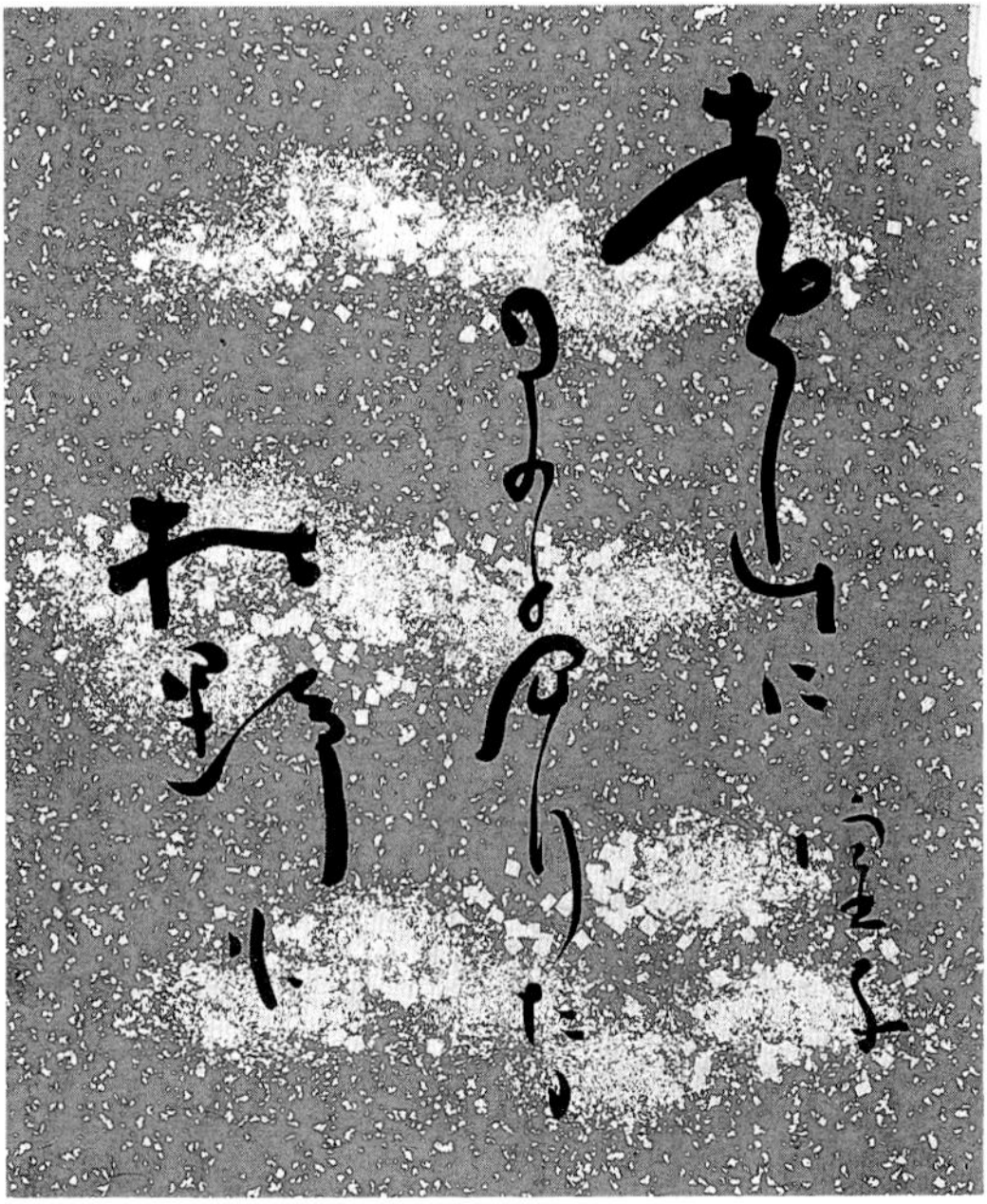

高濱虚子句集・遠山

深見けん二編

明・26「五百句時代」

京女花に狂はぬ罪深し

明・27

春雨の衣桁に重し恋衣

明・28

夕立やぬれて戻りて欄に倚る

風が吹く仏来給ふけはひあり

明・29

怒濤岩を噛む我を神かと朧の夜

大根の花紫野大徳寺

人病むやひたと来て鳴く壁の蟬

松虫に恋しき人の書斎かな

明・30

蝶々のもの食ふ音の静かさよ

明・31

蛇穴を出て見れば周の天下なり

橋涼み笛ふく人をとりまきぬ

明・32

薔薇呉れて聖書かしたる女かな

蓑虫の父よと鳴きて母もなし

明・33

雨に濡れ日に乾きたる幟かな

遠山に日の当りたる枯野かな

明・34

河豚くふや短き命短き日

明・35

鼓あぶる夏の火桶や時鳥

子規逝くや十七日の月明に

明・36
装束をつけて端居や風光る
秋風や眼中のもの皆俳句
秋日和子規の母君来ましけり
茶の花に暖き日のしまひかな
明・37
三つ食へば葉三片や桜餅
御《み》車《くるま》に牛かくる空やほと、ぎす

大海のうしほはあれど旱かな

と言ひて鼻かむ僧の夜寒かな

明・38

行水の女にほれる烏かな

露けさに障子たてたり十三夜

村の名も法隆寺なり麦を蒔く

明・39

座を挙げて恋ほのめくや歌かるた

垣間見る好色者《すきもの》に草芳しき

寂として残る土階や花茨

上人の俳諧の灯や灯取虫

送火や母が心に幾仏

桐一葉日当りながら落ちにけり

秋空を二つに断てり椎大樹

明・41

駒の鼻ふくれて動く泉かな

金亀子《こがねむし》擲つ闇の深さかな

新涼の驚き貌に来りけり

冷かや湯治九旬の峰の月

仲秋や院宣をまつ湖《こ》のほとり

凡そ天下に去来程の小さき墓に参りけり

大・2

霜降れば霜を楯とす法《のり》の城

死神を蹶る力無き蒲団かな

春風や闘志いだきて丘に立つ

一つ根に離れ浮く葉や春の水

草摘みし今日の野いたみ夜《や》雨《う》来る

濡縁にいづくとも無き落花かな

年を以て巨人としたり歩み去る

大・3

時ものを解決するや春を待つ

鎌倉を驚かしたる余寒あり

我心或時軽し罌《け》粟《し》の花

清水のめば汗軽らかになりにけり

秋風や最善の力唯尽す

大・5

これよりは恋や事業や水温む

露の幹静に蟬の歩き居り

木曾川の今こそ光れ渡り鳥

大・6

嘲吏青嵐

人間吏となるも風流胡瓜の曲るも亦

此松の下に佇めば露の我

天の川のもとに天智天皇と虚子と

大・7

初空や大悪人虚子の頭上に

老《ろう》衲《のう》火燵に在り立春の禽獣裏山に

野を焼いて帰れば灯下母やさし

夏の月皿の林檎の紅を失す

能すみし面の衰へ暮の秋

秋天の下に野菊の花弁欠く

二三子や時雨るる心親しめり

大・8

夏痩の頬を流れたる冠紐

寝冷せし人不機嫌に我を見し

大・9

冬帝先づ日をなげかけて駒ヶ嶽

どかと解く夏帯に句を書けとこそ

大・10

人形まだ生きて動かず傀儡師

大・13

天日のうつりて暗し蝌蚪の水

晩涼に池の萍皆動く

月浴びて玉崩れをる噴井かな

北風や石を敷きたるロシア町

大・14

春寒のよりそひ行けば人目ある

白牡丹といふといへども紅《こう》ほのか

父母の夜長くおはし給ふらん

大・15

夙くくれし志やな蕗の薹

古椿こゝだく落ちて齢かな

鶯や洞然として昼霞

今一つ奥なる滝に九十九《つづら》折《おり》

徐々と掃く落葉帚に従へる

大空に伸び傾ける冬木かな

昭・2

踏青や古き石階あるばかり

もの、芽のあらはれ出でし大事かな

念腹のブラジル渡航を送る

畑打つて俳諧国を拓くべし

この庭の遅日の石のいつまでも

セルを著て病ありとも見えぬかな

なつかしきあやめの水の行方かな

よりそひて静なるかなかきつばた

大夕立来るらし由布のかきくもり

わだつみに物の命のくらげかな

退官せし横田大審院長招宴

清閑にあれば月出づおのづから

鎌倉

秋天の下に浪あり墳墓あり

やり羽子や油のやうな京言葉

東山静に羽子の舞ひ落ちぬ

昭・3

柊をさす母によりそひにけり

咲き満ちてこぼるゝ花もなかりけり

おもひ川渡れば又も花の雨

はなびらの垂れて静や花菖蒲

新涼や仏にともし奉る

ふるさとの月の港をよぎるのみ

はなやぎて月の面にかゝる雲

われが来し南の国のザボンかな

熔岩の上を跣足《はだし》の島男

手をかざし祇園詣や秋日和

枝豆を喰へば雨月の情あり

秋風に草の一葉のうちふるふ

流れ行く大根の葉の早さかな

昭・4

眼つむれば若き我あり春の宵

ハルビン郊外

夕立や森を出て来る馬車一つ

短夜や露領に近き旅の宿

水飯《すいはん》に味噌を落して曇りけり

石ころも露けきもの丶一つかな

栞して山家集あり西行忌

昭・5

春潮といへば必ず門司を思ふ

落書の顔の大きく梅雨の塀

炎天の空美しや高野山

闇なれば衣まとふ間の裸かな

秋山や槶《くぬぎ》をはじき笹を分け

昭・6

東より春は来ると植ゑし梅

萱の火は蘆の火よりもなほ弱し

大試験山の如くに控へたり

紅梅の紅《こう》の通へる幹ならん

土佐日記懐にあり散る桜

早苗とる水うら〳〵と笠のうち

飛騨の生れ名はとうといふほとゝぎす

夕影は流るゝ藻にも濃かりけり

われの星燃えてをるなり星月夜

仲秋や大陸に又遊ぶべく

浦安の子は裸なり蘆の花

たてかけてあたりものなき破魔矢かな

鷹の目の佇む人に向はざる

ハルビン

ダンサーの裸の上の裘《かわごろも》

昭・7

水仙や表紙とれたる古言海

ぱつと火になりたる蜘蛛や草を焼く

花の雨降りこめられて謡かな

聾青畝ひとり離れて花下に笑む

春の浜大いなる輪が画いてある

自ら其頃となる釣葱

落花のむ鯉はしやれものの髭長し

夜学すゝむ教師の声の低きまゝ

くはれもす八雲旧居の秋の蚊に

山間《あい》の霧の小村に人と成る

顔よせて人話し居る夜霧かな

昭・8

つく羽子《ばね》の静に高し誰やらん

襟巻の狐の顔は別に在り

凍蝶の己が魂追うて飛ぶ

紅梅の莟は固し言《ものい》はず

鴨の嘴よりたらたらと春の泥

神にませばまこと美はし那智の滝

鶯や御幸の輿もゆるめけん

囀や絶えず二三羽こぼれ飛び

浴衣著て少女の乳房高からず

船涼し己が煙に包まれて

皆降りて北見富士見る旅の秋

バス来るや虹の立ちたる湖畔村

灯台は低く霧笛は峙てり

加藤洲の大百姓の夜長かな

秋の蝶黄色が白にさめけらし

顔抱いて犬が寝てをり菊の宿

来るとはや帰り支度や日短

焼芋がこぼれて田舎源氏かな

白雲と冬木と終にかゝはらず

昭・9

事務多忙頭を上げて春惜む

酌婦来る灯取虫より汚きが

黒揚羽花魁草《おいらんそう》にかけり来る

何となく人に親しや初嵐

大いなるものが過ぎ行く野分かな

古の月あり舞の静なし

川を見るバナナの皮は手より落ち

昭・10

神慮今鳩をたゝしむ初詣

一を知つて二を知らぬなり卒業す

園丁の指に従ふ春の土

椿先づ揺れて見せたる春の風

道のべに阿波の遍路の墓あはれ

吹きつけて痩せたる人や夏羽織

山の蝶飛んで乾くや宿浴衣

「髪を結ふ一茶」上演

一茶忌や髪結ふことを尚餐《こいねがわくはうけよ》

かわ〱と大きくゆるく寒鴉

大空に羽子の白妙とゞまれり

観音は近づきやすし除夜詣

昭・11「五百五十句時代」

鴨の中の一つの鴨を見てゐたり

章子を伴ひ渡仏の途に上る

古綿子著のみ著のまゝ鹿島立

我心春潮にありいざ行かむ

春風や柱像屋根を支へたる

倫敦の春草を踏む我が草履

この暑さ火夫や狂はん船やとまらん

戻り来て瀬戸の夏海絵の如し

籐椅子にあれば草木花鳥来

眉目よしといふにあらねど紺浴衣

命かけて芋虫憎む女かな

秋袷身を引締めて稽古事

芭蕉忌や遠く宗祇に溯る

人に恥ぢ神には恥ぢず初詣

昭・12

加《か》留《る》多《た》とる皆美しく負けまじく

倫敦の濃霧の話日向ぼこ

そのまゝに君紅梅の下に立て

碧梧桐とはよく親しみよく争ひたり

たとふれば独楽のはぢける如くなり

鯖の旬《しゅん》即ちこれを食ひにけり

へこみたる腹に臍あり水中り

松魚《かつお》舟子供上りの漁夫もゐる

稲妻をふみて跣足の女かな

落花生喰ひつゝ読むや罪と罰

落葉敷く荒波を敷く如くなり

冬日柔か冬木柔か何れぞや

昭・13

初句会浮世話をするよりも

旗のごとなびく冬日をふと見たり

うしほ今和布《め》を東《ひんがし》に流しをり

語り伝へ謡ひ伝へて梅若忌

梅雨傘をさげて丸ビル通り抜け

秋風や心の中の幾山河

一面に月の江口の舞台かな

もの置けばそこに生れぬ秋の蔭

歴史悲し聞いては忘る老の秋

我静なれば蜻蛉来てとまる

昭・14

竜の玉深く蔵すといふことを

悴める手は憎しみに震へをり

寒き故我等四五人なつかしく

春水をたゝけばいたく窪むなり

余花に逢ふ再び逢ひし人のごと

面つゝむ津軽をとめや花林檎

夏風邪はなか〳〵老に重かりき

祖《おや》を守り俳諧を守り守武忌

山々の男振り見よ甲斐の秋

月も亦とゞむるすべも無かりけり

鴫がゐて鴫の海とは昔より

淋しさの故に清水に名をもつけ

柴漬《ふしづけ》にまこと消ぬべき小魚かな

手毬唄かなしきことをうつくしく

昭・15

大寒の埃の如く人死ぬる

松過ぎの又も光陰矢の如く

福引に一国を引当てんかな

尼寺に小句会あり鳴雪忌

蝶もとびふるさと人もたもとほり

春眠の一ゐまひして美しき

涼しさは下品下生の仏かな

出征の兵士に

父老健に喜雨又到る安んぜよ

秋晴や心ゆるめば曇るべし

懐手して宰相の器たり

昭・16「六百句時代」

煤けたる都鳥とぶ隅田川

山辺《やまのべ》の赤人が好き人丸忌

閻王の眉は発止と逆立てり

夏潮の今退《ひ》く平家亡ぶ時も

新京ヤマトホテルに投宿

網戸嵌《は》め只強くこそ住みなせり

奉天大和ホテル止宿

昼寝覚め又大陸の旅つゞく

山川にひとり髪洗ふ神ぞ知る

川端茅舎永眠

示《じ》寂《じやく》すといふ言葉あり朴散華

老いて尚君を宗とす子規忌かな

大根を水くしや〱にして洗ふ

年は唯黙々として行くのみぞ
昭・17

口あけて腹の底まで初笑

一切の行蔵寒にある思ひ

金《きん》の輪の春の眠りにはひりけり

向日葵が好きで狂ひて死にし画家

萩を見る俳句生活五十年

悲しさはいつも酒気ある夜学の師

去来忌やその為人《ひととなり》拝みけり

天地の間にほろと時雨かな

死ぬること風邪を引いてもいふ女

昭・18

寒鯉の一擲したる力かな

ふるさとに防風摘みにと来し吾ぞ

見るところ花はなけれどよき住居

スリッパを越えかねてゐる仔猫かな

いかなごにまづ箸おろし母恋し

悠久を思ひ銀河を仰ぐべし

選集を選みしよりの山の秋

過ちは過ちとして爽やかに

永田青嵐逝く

交りは薄くも濃くも月と雲

湖の寒さを知りぬ翁の忌

昭・19

白酒の紐の如くにつがれけり

根切虫あたらしきことしてくれし

停車場に夜寒の子守旅の我

虹立ちて忽ち君の在る如し

虹消えて忽ち君の無き如し

一塊の冬の朝日の山家かな

冬山路俄にぬくき所あり

昭・20

鶏にやる田芹摘みにと来し我ぞ

孫中子、興健女子専門学校入学

春潮にたとひ艪櫂は重くとも

四方の戸のがたがた鳴りて雪解風

紅梅や旅人我になつかしく

山国の蝶を荒しと思はずや

夏草に延びてからまる牛の舌

詔勅を拝し奉りて　二句

秋蟬も泣き蓑虫も泣くのみぞ

敵といふもの今は無し秋の月

日のくれと子供が言ひて秋の暮

大根を鷲づかみにし五六本

句を玉と暖めてをる炬燵かな

思ふこと書信に飛ばし冬籠

昭・21

何をもて人日の客もてなさん

日凍てゝ空にかゝるといふのみぞ

風花はすべてのものを図案化す

煎豆をお手のくぼして梅の花

初蝶来何色と問ふ黄と答ふ

桃咲くや足なげ出して針仕事

蛍火の鞠の如しやはね上り

物の本西瓜の汁をこぼしたる

秋灯や夫婦互に無き如く

裸子をひつさげ歩く温泉《ゆ》の廊下

濃紅葉に涙せき来る如何にせん

昭・22

虹の橋渡り交して相見舞ひ

生かなし晩涼に坐し居眠れる

茎右往左往菓子器のさくらんぼ

髪の先蛇の如くに洗ひをり

いにしへの旅の心や蚤ふるふ

人々に更に紫苑に名残あり

爛々と昼の星見え菌生え

湖もこの辺にして雁渡る

昭・23

椿艶これに対して老ひとり

小説に書く女より椿艶

椿子と名附けて側に侍らしめ

海女とても陸こそよけれ桃の花

楡新樹諸君は学徒我は老い

秋天にわれがぐん〳〵ぐん〳〵と

緒方句狂を弔ふ

目を奪ひ命を奪ふ諾と鷲

昭・24

芸格といふもの、あり梅椿

盲素顔追悼句

何よりもとり戻したる花明り

家持の妻恋舟か春の海

梅雨眠し安らかな死を思ひつゝ

虚子一人銀河と共に西へ行く

西方の浄土は銀河落るところ

人生は陳腐なるかな走馬灯

食ひかけの林檎をハンドバッグに入れ

春潮や和寇の子孫汝と我

手で顔を撫づれば鼻の冷たさよ

昭・25

闘志尚存して春の風を見る

春惜む命惜むに異らず

朝顔や政治のことはわからざる

彼一語我一語秋深みかも

舌少し曲り目出度し老の春

去年《こぞ》今年《ことし》貫く棒の如きもの

昭・26「七百五十句時代」

羽子つこか手毬つこかともてなしぬ

ゆらぎ見ゆ百の椿が三百に

汝に謝す我が眼明かいぬふぐり

牡丹あり家の柱は曲るとも

山の月も久しぶりなり戦さありし

老柳に精あり句碑は一片の石

月を思ひ人を思ひて須磨にあり

虫の音に浮き沈みする庵かな

冬枯の庭を壺中の天地とも

昭・27

半四郎二十日正月しに来り

春寒きわが誕生日合ッ点ぢや

紅梅もわが生涯を彩りて

「俳句」創刊祝　角川店主に

登山する健脚なれど心せよ

志俳句にありて落第す

短夜や夢も現も同じこと

わが齢老柳汝に如かめやも

月照らす世の中狭くなつかしき

欠伸せる口中に入る秋の山

汝も我も運命の児よ銀河濃し

秋晴の大観峰に今来り

草枯に真赤な汀子なりしかな

昭・28

悪なれば色悪よけれ老の春

朝顔の二葉より又はじまりし

ほと丶ぎすしば啼く宿とたづね来よ

蠅叩もて飛び上り蛾を打ちぬ

大富士と対面したる籐椅子かな

戸の隙に月蝕すみし月明り

脱落し去り脱落し去り明の春

歩み去る年を追ふかに庭散歩

眠れねばいろ〳〵の智慧夜半の冬

昭・29

祖母立子声麗らかに子守唄

足もとに春の寒さの残りをり

犬の舌赤く伸びたり水温む

「青」といふ雑誌チューリップヒヤシンス

チューリップヒヤシンスやがて梅椿

一片の落花峰より水面まで

その穴は日除の柱立てる穴

一匹の蠅一本の蠅叩

山寺に仏も我も黴びにけり

明易や花鳥諷詠南無阿弥陀

すぐ来いといふ子規の夢明易き

吉右衛門急逝

たとふれば真萩の露のそれなりし

宮中参内文化勲章拝受

我のみの菊日和とはゆめ思はじ

菊の日も暮れ方になり疲れけり

羽子をつき手毬をついて恋をして

悴みて高虚子先生八十一

播水、八重子結婚三十周年祝句

地球一万余回転冬日にこく

昭・30

風椿立ち直りつゝ花落とす

「ホトトギス」七百号回顧

子規と短かき日その後永き日も

山さけてくだけ飛び散り島若葉

旅鞄開けて著なれし古浴衣

我を見て舌を出したる大蜥蜴

大空の清艶にして流れ星

去年今年一時か半か一つ打つ

昭・31

例の如く草田男年賀二日夜

この池の生々流転蝌蚪の紐

春山を相して京に都せりと

落椿美し平家物語

松本たかし死す

牡丹の一弁落ちぬ俳諧史

夏山の襟を正して最上川

俳諧の大緑蔭やおのづから

蜘蛛に生れ網をかけねばならぬかな

浴衣著てわれも仏と山寺に

暁烏文庫内灘秋の風

昭・32

我れが行く天地万象凍てし中

こゝに来て百万石の花見せん

大空の鏡の如きさくらかな

牡丹の一弁垂れし飴の如

兄池内信嘉追善能

春霞永久に羽衣物語

線と丸電信棒と田植傘

伊予に生れ相模に老いて更衣

昼寝する我と逆さに蠅叩

我生の美しき虹皆消えぬ

此山に住みける鳥、獣、蛇

風生と死の話して涼しさよ

秋風にもし色あらば色ヶ浜

我が庭や冬日健康冬木健康

昭・33

咲き満ちてこれより椿汚なけれ

花見にと馬に鞍置く心あり

歯塚

楓林に落せし鬼の歯なるべし

女涼し窓に腰かけ落ちもせず

香水に孤高の香りあらまほし

朝顔にえーッ屑屋でございかな

来年は又夏山の秋の山

藪の中冬日見えたり見えなんだり

我が額冬日兜の如くなり

風雅とは大きな言葉老の春

明の春弓削道鏡の書が好きで

昭・34

老梅の穢き迄に花多し

灯をともす指の間の春の闇

幹にちよと花簪のやうな花

春の山屍をうめて空しかり

句仏十七回忌

独り句の推敲をして遅き日を

イケノウチとイケウチ――池内　紀（ドイツ文学者・エッセイスト）

養子にいく前の高濱虚子が「池内」姓だったのはごぞんじだろう。同姓のよしみを結んだつもりでいたのだが、あるとき四国・松山の人に、伊予ではイケノウチだとおそわった。私の生まれた播磨《はりま》（兵庫県南西部）ではイケウチであって、イケノウチとはいわない。瀬戸内海をはさみ、南はイケノウチ、北はイケウチ。どちらでもいいようなものながら、「ノ」のつくほうが雅《みや》びやかな感じがする。それかあらぬか伊予池内は虚子のほかにも息子の作曲家池内《いけのうち》友次郎、映画監督伊丹（旧姓池内《いけのうち》）万作・十三親子など多士済々であって、播磨池内の及ぶところではないのである。

ただ俳句にかぎっていうと、ほんのちょっぴりだが、俳聖芭蕉とかかわりをもつイケウチがいる。

奥の細道の旅のあと、芭蕉が京都・岡崎に風羅坊をつくったことはよく知られている。俳聖逝ってのち、播州姫路の俳人井上千山が風羅坊所伝の芭蕉像と蓑、笠その他をゆずり受け、故里の増位山に堂を建てた。名づけて「風羅堂」、千山のあと息子の寒瓜が堂守りにつき、そのあとも寒鴻、寒烏、寒桐が受け継いだ。井上の系統が絶えてからは葛垣《くずがき》守三など何人かが継いで初代から数えて十代目が春山、つぎの風羅堂第十一世は俳号を赭邱《しゃこう》といった。郷土史家がくわしく調べている。

「赭邱は池内氏で、春山のあと、風羅堂の庵号を継承立机《りっき》」（穂積勝次郎『姫路藩の人物群像』より「風羅堂の系譜」）

謙虚な人だったようで、入庵のときに詠んだのが「おこがまし只汗をぬぐふばかりにて」。還暦に際しての一句が「六十を一束にして初こよみ」。その赭邸は昭和十六年（一九四一）に没。郷土史家は堂の系譜をたしかめるために子孫を訪ねたらしい。「筆者が赭邸氏の子孫たる姫路市新在家　池内芳華園《ほうかえん》を訪問した際（昭和四十一年九月）、芭蕉翁の陶製座像と池内赭邸自筆の半折や守三自画讃の軸などを拝見……」

姫路市新在家はわが生まれた里であり、池内芳華園はわが伯父筋にあたる。陶製座像は知らないが、たしかに和書や色紙がどっさりあった。昭和四十一年というと、こちらはヨーロッパ文学に熱を上げていた二十代半ばであって、風羅堂ごときは、まるきり眼中になかった。

ずっとのちに、郷土史家の本を開いたりするようになってからである。「芳華園」などとヘンな名前の伯父が、それなりの使命をおび、またそれを守っていたことを知った。

とほ山に赤き宮あり冬木立

のこされた色紙の一つに、そんな句がしるされていた。姫路藩主の弟で才芸の人だった酒井抱一作だと思うが、播磨イケウチが筆のすさびに写したらしい。枯れはてた木立と一点の紅を対比させ、ピーンと張りつめた冬のけはいを託したぐあいだ。有名な伊予イケノウチの作「遠山に日の当りたる枯野かな」と、それなりに好一対のおもしろさがあるのではなかろうか。

高濱虚子句集『遠山』解説――深見けん二

(一) はじめに

虚子先生の六十八年にわたる厖大な俳句から約四百句を選び「高濱虚子句集」を作ることは、大変難しく、僭上とも思われた。

偶々、昨年来、NHKカルチャーラジオのテキスト『選は創作なり――高浜虚子を読み解く』を執筆し、虚子の俳句及び選句について、時代を追って調べまとめる機会を得た。その中で、虚子が昭和三年に提唱し、それが終生の俳句観となった「花鳥諷詠」について、あらためて考えることが多かった。

「花鳥諷詠」は、俳句は季題を最も尊重する詩ということで、理論的にも多く論ぜられており、思想でもある。
しかしながら俳句作家としては、「花鳥諷詠」を、俳句自体で考えたいと思う。「花鳥諷詠」は、虚子が提唱した言葉であるので、虚子の俳句と選句とを見るのが最も妥当である。

虚子の俳句は『年代順虚子俳句全集』〔全四巻〕(明治二十四年から昭和五年三月まで)と『句日記』〔六冊〕(昭和五年四月から三十四年三月まで)の十冊にまとめられている。

又精選句集としては、昭和二十五年までの句は、虚子自らが『五百句』『五百五十句』『六百句』『六百五十句』の四句集に自選しており、以後三十四年四月八日に亡くなるまでの句は、長男高濱年尾と次女星野立子が約七百五十句を選び「七百五十句」としてまとめていた。この五句集は、『虚子五句集』として「ホトトギス」創刊百年を記念し岩波文庫として一九九六年刊行されている。

この五句集の中で、『五百句』だけは、明治二十四年から昭和十年までという四十四年にわたる句からの五百句という厳選ぶりである。

一方、虚子は昭和二十七年に、俳句を作りはじめてから昭和二十五年までの句から各年平均して約二千句を自選し『虚子秀句』として出版した。

従って今回は、昭和二十五年までの句は『虚子秀句』から私なりに選んだ。又昭和二十六年以降は「七百五十句」を参考に、二冊の『句日記』から選び、併せて四百二十六句とした。

なお、句形、句の順序は『五百句』『五百五十句』『六百句』『六百五十句』、それにないものは、『年代順虚子俳句全集』『句日記』に従った。又これらの句集には、句に詞書（何月何日どこでの作など）が添えてあるが、本句集では、贈答句、及び必要と思われる句のみに、適宜前書として加えた（適宜とは主として『虚子秀句』による）。

漢字は、常用漢字、又同じ漢字・仮名は踊り字に統一した（『五百五十句』以降は原典が踊り字である）。振り仮名は、原句にある以外にも特に読みにくいものには、現仮名でつけた。

（二）虚子の略歴とその時代の俳句

高濱虚子は、明治七年（一八七四）二月二十二日、愛媛県松山市に生れた。十七歳のとき、中学の同窓河東碧梧桐を介し、正岡子規に手紙を送り、以来子規のもとで俳句を作り文章を書いた。当時、日本新聞に入って俳句の革新を試みていた子規のいわゆる日本派の俳人の中で、碧梧桐と双璧として活躍した。

明治三十一年、その前の年に松山で発刊された雑誌「ほとゝぎす」の発行所を東京に移し、みずから出資、その発行人となり、終生虚子は、この「ホトトギス」（明治三十四年改名）によって俳人として活躍したわけである。

明治三十五年、子規が亡くなったあと、虚子は、俳句は碧梧桐にまかせ、一時散文の世界に入り、小説を多く書いた。併しながら、碧梧桐の俳句が、新傾向と称し、季題・定型を軽んずる方向へ動くのを見て大正二年（一九一三）俳句に復活し、「平明にして余韻ある句」をモットーとして、題を定めず俳句を募集する「ホトトギス」の雑詠で、多くの作家の句を選んだ。又「進むべき俳句の道」を書き、飯田蛇笏、村上鬼城、原石鼎、前田普羅に代表される三十二人の俳人を推薦した。そのはじめに「子規居士の時代の俳句と我等の俳句の上で著しく相違しているのは、主観的な句である」ということを具体的に句をあげ解説した。これが「ホトトギス雑詠」の第一次黄金期である。

その際、客観の写生をおろそかにしないことを強調したにもかかわらず、有数の作家にさえ、模倣・かりそめの主観が横行するようになるのを見て、大正六年頃から猛然として客観写生を説いたのである。

そのためには小さい自己を立てようとする努力を一切擲って、大自然の一行を写生しようとする客観写生をも推賞した。その結果破調や些末的な句も生れたが、虚子は、要するに客観写生というものも窮極するところは、主客両観の混一したものだと説いた。そして新鮮な選句により大正末から昭和はじめの、水原秋櫻子・高野素十・山口誓子・阿波野青畝の四作家が競う四S時代という「ホトトギス雑詠」の第二次黄金期を迎えたのである。

白牡丹といふといへども紅ほのか
大空に伸び傾ける冬木かな
大夕立来るらし由布のかきくもり
やり羽子や油のやうな京言葉
咲き満ちてこぼるゝ花もなかりけり
ふるさとの月の港をよぎるのみ
流れ行く大根の葉の早さかな
短夜や露領に近き旅の宿
石ころも露けきものゝ一つかな
春潮といへば必ず門司を思ふ

は、その頃の虚子の句で、客観写生であるが、主観、客観の一つとなった力ある作品で、この自らの作品と選句で、「ホトトギス」を率い、「ホトトギス」即俳壇となった。

虚子は大正三年四月に四女六を亡くしている。その悲しみの中、「落葉降る下にて」を書いた。そして唯ありのままをありのままとして考える以外ないということを書き、終生のあるがままという人生観となった。

昭和六年水原秋櫻子が写生についての考えから「ホトトギス」を去り、俳壇は大きく変ってゆくが、虚子は、松本たかし、川端茅舎、山口青邨、富安風生、星野立子、中村汀女、中村草田男など次々と新しい作家の俳句を雑詠に選出し、自らの俳句を作った。

花の雨降りこめられて謡かな
鴨の嘴よりたら〳〵と春の泥
神にませばまこと美はし那智の滝
籐椅子にあれば草木花鳥来

鴫がゐて鴫の海とは昔より
夏潮の今退く平家亡ぶ時も
天地の間にほろと時雨かな

第二次世界大戦が敗戦に近づく中、虚子は、昭和十九年（一九四四）から小諸に疎開したが、今迄経験したことのない北国の厳しい生活を創作に活かし『小諸百句』（俳句）『小諸雑記』（写生文）『虹』（小説）の三部作を発表した。

紅梅や旅人我になつかしく
山国の蝶を荒しと思はずや
大根を鷲づかみにし五六本
風花はすべてのものを図案化す
初蝶来何色と問ふ黄と答ふ

蛍火の鞠の如しやはね上り
爛々と昼の星見え菌生え

昭和二十五年、目まいを感じてから、永年毎月行って来た「ホトトギス」雑詠選を長男年尾に譲り、その後は、次女星野立子主宰の「玉藻」に力を入れた。又昭和二十三年以来の朝日新聞の選に加え、小俳話を昭和三十年四月から隔週のせた。昭和三十四年（一九五九）三月三十日まで句会に出席、四月一日に倒れ八日に亡くなっている。八十五歳のまさに生涯現役であった。

ゆらぎ見ゆ百の椿が三百に
悪なれば色悪よけれ老の春
大空の清艶にして流れ星
春山を相して京に都せりと

伊予に生れ相模に老いて更衣
我が庭や冬日健康冬木健康
春の山屍をうめて空しかり

（三）虚子俳句の生れたところ

『年代順虚子俳句全集』『句日記』を読むと、虚子の俳句の多くが、俳句会で出来ていることが分る。その俳句会は、私が虚子の句会にはじめて出席した昭和十六年を見ても、人数は二十名程度、必ず兼題が出、十句投句十句選の互選句会であった。虚子の選は二十句前後で、選評もなかった。『句日記』を見ると、当時定例の句会が月に十三ほどあり、その他にも小句会があった。虚子は俳句会が好きで、そこを創作の場としていたことが、私の体験からも、又『句日記』を調べてもよく分る。当時「草樹会」は、東大卒業生中心の会で、山口青邨、富安風生、京極杞陽、福田蓼汀、大橋越央子、麻田椎花、景山筍吉、佐藤漾人、吉井莫生などの作家がいた。「七宝会」は、虚子が生涯好んだ能の第一人者の集った会、「二百二十日会」は、新橋の芸妓の句会というようにそれぞれの句会は、集まる顔ぶれも異り、各界の第一人者であり、且つ俳句作家でもあった。
虚子は亡くなるまで、句会の前に必ず兼題の句を心をこめて作っていた。

遠山に日の当りたる枯野かな

桐一葉日当りながら落ちにけり

こうした明治時代の句は、題詠による句会の作品である。

大寒の埃の如く人死ぬる

懐手して宰相の器たり

のような句は、「大寒」「懐手」の兼題で想をめぐらしているうちに出来た句である。

大根を水くしやくにして洗ふ

のように、兼題でも見て作ったような句もある。一方、

木曾川の今こそ光れ渡り鳥
流れ行く大根の葉の早さかな
鴨の嘴よりたらくと春の泥
神にませばまこと美はし那智の滝
山国の蝶を荒しと思はずや

は吟行や旅の現場立ちの句であって、兼題と嘱目というものが見事に織り合わさって豊かな句となっている。

虚子の俳句が句会で出来たこととともに、その推敲が句の完成に大きな役割を果したことを記しておかねばならない。

爛々と昼の星見え菌生え

原句　昼の星見えしよりこの茸生え

去年今年貫く棒の如きもの

原句　去年今年貫けるもの棒のごと

この二句の原句が発見されたのは、ごく最近である。一般には句会の一年後「句日記」として「ホトトギス」に発表する時の推敲が多い。それは、私の出席した虚子の句会でもかなり多いことを確認している。前記

木曾川の今こそ光れ渡り鳥

も、原句の下五は「小鳥来る」で、いかに推敲で句が飛躍し完成されているかが分る。

（四）一句の背景・贈答句・『喜寿艶』

以下いくつかの虚子の句を別の面から見てみよう。

①一句の背景

時ものを解決するや春を待つ

大正三年作。前年俳句に復活したが、体調はよくなかった。しかし「ホトトギス」雑詠の投句者に俊英が集まる目途がつき、故郷松山に帰省、その帰途久しぶりに大阪の旧知の俳人と句会をした時の句である。

咲き満ちてこぼるゝ花もなかりけり

昭和三年作。四月八日、鎌倉稲村ヶ崎で、四S時代の秋櫻子、素十、たかしその他ごく身近な二十五名の句会。

花の雨降りこめられて謡かな

昭和七年作。虚子の好きな京都の宿に泊り、安倍能成、和辻哲郎が来て好きな謡を二番謡った時の句で、楽しそうな虚子の心がそのまま俳句になっている。

このように、虚子の句は多く、無理なく自然に出来ている。それが、平明にして余韻ある俳句となっているのだと思う。

勿論、「爛々と」や「去年今年」のような飛躍もあるのである。

②贈答句

贈答句の中に次の句がある。

念腹のブラジル渡航を送る

畑打つて俳諧国を拓くべし

碧梧桐とはよく親しみよく争ひたり

たとふれば独楽のはぢける如くなり

川端茅舎永眠

示寂すといふ言葉あり朴散華

孫中子、興健女子専門学校入学

春潮にたとひ艪櫂は重くとも

「俳句」創刊祝角川店主に

登山する健脚なれど心せよ

播水、八重子結婚三十周年祝句

地球一万余回転冬日にこ〳〵

贈答句は、その人をよく知って、それにかなった季題を選ぶことが大事だと直接云われたが虚子はその名手であった。そして鈴木花蓑追悼会に寄せた次の句など、大きな天地に呼びかける存問の句となっているのである。

天地の間にほろと時雨かな

③『喜寿艶』（昭和二十五年刊）

この句集は喜寿を記念し七十七句を自筆したもので、虚子が小説家であり情の深い天性の人であったことがよく分る。

松虫に恋しき人の書斎かな
やり羽子や油のやうな京言葉
紅梅の莟は固し不言
稲妻をふみて跣足の女かな
手毬唄かなしきことをうつくしく
虹立ちて忽ち君の在る如し
海女とても陸こそよけれ桃の花

（五）結び

最後に虚子の説く「客観写生」がいかなるものであるかを解説しておき

たい。

　虚子は大正時代、客観写生を強く説いたが、その時から客観写生も窮極するところは、主客両観の混一したもの、四季の運行する自然（人間を含む）を尊重するものとした。昭和二十七年「玉藻」に書いた「客観写生（客観写生――主観――客観描写）」という俳話では、要約すると、写生はまず自分の心とは余り関係なく花や鳥を向うに置いて写し取る。それをくりかえすと、花や鳥と自分の心とが親しくなり、主観との交錯で心も自由に詠める。更に進むと客観描写をすればそれが作者自身を描くことになる。と書いている。

　花や鳥を季題とすると、客観写生は花鳥諷詠と表裏となり、「花鳥諷詠」は俳句の本質、「客観写生」はその表現法、技となる。更に、昭和二十七年の「客観写生（再）」という俳話には次のように書かれている。「客観というのは諸法実相の謂い（意味・筆者註）である。もろもろの法は千変万化摩訶不思議である。これを描写しようとしても容易ではない。しかしながら作者の感じたところの客観を写すことは出来る。人々によって違う客観の天地がある、作者はその作者が見た客観の天地を描く。これが即ち客観写生である。」これを読むと、客観の世界は諸法実相（一切の存在のありのままの真実の姿）であり、季題のうしろには、四季の運行に伴う自然界・人事界のものがすべて含まれることになる。従って客観写生は、その作者の器量と表現の技の習練により、描く天地が大きくもなり小さくもなり、又季題の力によって作者を超えた俳句も出来る。それが花鳥諷詠の俳句なのである。

虚子は『句日記』（昭和十一年刊）の序に、

「心の生活は深く湛へたる潮であり、詩は表面の波であるとも言へる。『句日記』は私の生活の表面に現れた波であつて、善読せられる方は、この波を透して、私の生活をよく理解せらるゝかも知れない。」と書いている。

『句日記』を読むと、その日その日での句会の句が多く並んでいるが、時に飛躍があり、又深く沈潜する。それはまさに諸法実相をとらえた虚子の心の波の俳句と思われる。
それが「花鳥諷詠」だとあらためて思った。

初句五十音索引

あ行

「青」といふ……63
秋袷……34
秋風に
―草の一葉の……20
―もし色あらば……70
秋風や
―眼中のもの……5
―最善の力……10
―心の中の……37
秋蟬も……49
秋空を……7
秋の蝶……28
秋晴の……60
秋晴や……42
秋日和……5
秋山や……22
悪なれば……61
欠伸せる……60
暁烏……68
明の春……72
明易や……64
朝顔に……71
朝顔の……61
朝顔や……56
足もとに……62
尼寺に……41
海女とても……54
天の川の……11
網戸嵌め……43
天地の……45
雨に濡れ……4
過ちは……46
歩み去る……62
いかなごに……46
石ころも……21
一面に……37
一を知つて……31
一塊の……48
一切の……44
一茶忌や……32
一匹の……63
一片の……63
凍蝶の……26
稲妻を……36
古の……30
いにしへの……53
犬の舌……62
命かけて……34
今一つ……15
伊予に生れ……69
煎豆を……51
鶯や
―洞然として……15
―御幸の輿も……27
うしほ今……37
浦安の……24
枝豆を……20
襟巻の……26
閻王の……42
園丁の……31
炎天の……21
老いて尚……43
大いなる……30
大空に
―伸び傾ける……16
―羽子の白妙……32
大空の
―清艶にして……66
―鏡の如き……68
大富士と……61
大夕立……17
送火や……7
落椿……67
落葉敷く……36
自ら……25
おもひ川……18
思ふこと……50
面つゝむ……39
祖を守り……39
凡そ天下に……8
女涼し……70

か行

垣間見る……7
顔抱いて……29
顔よせて……26
風花は……50
悴みて……65
悴める……38
風が吹く……2
風椿……65
語り伝へ……37
松魚舟……35

加藤洲の……28
悲しさは……45
鎌倉を……10
神にませば……27
髪の先……52
鴨の中の……32
鴨の嘴……27
加留多とる……34
彼一語……57
かわ〳〵と……32
川を見る……30
寒鯉の……45
観音は……32
菊の日も……64
木曾川の……11
北風や……14
京女……2
行水の……6
虚子一人……55
去来忌や……45
桐一葉……7
金の輪の……44
食ひかけの……56
茎右往……52
草枯に……60
草摘みし……9
口あけて……44
蜘蛛に生れ……67
来るとはや……29
黒揚羽……30
くはれもす……26
句を玉と……50
芸格と……54
香水に……71
紅梅の
—紅の通へる……22
—蒼は固し……27
紅梅も……59
紅梅や……49
金亀子……8
こゝに来て……68
志……59
去年今年
—貫く棒の……57
—一時か半か……66
この暑さ……33
この池の……66
この庭の……16
此松の……11
此山に……69
駒の鼻……8
濃紅葉に……52
これよりは……11

さ行

西方の……55
囀や……27
咲き満ちて
—こぼるゝ花も……18
—これより春……70
早苗とる……23
鯖の旬……35
淋しさの……40
寒き故……38
座を挙げて……6
栞して……21
子規と短かき日……65
子規逝くや……4
示寂すと……43
舌少し……57
死神を……9
死ぬること……45
清水のめば……10
事務多忙……29
霜降れば……9
酌婦来る……29
秋天に……54
秋天の
—下に野菊の……12
—下に浪あり……17
秋灯や……51
春水を……38
春潮と……21
春潮に……48
春潮や……56
春眠の……41
小説に……53
装束を……5
上人の……7
徐々と掃く……15
白酒の……47
人生は……55
神慮今……30
新涼の……8
新涼や……19
水仙や……24
水飯に……21
すぐ来いと……64
菅の火は……22
煤けたる……42

涼しさは……41
スリッパを……46
生かなし……52
清閑に……17
寂として……7
セルを著て……16
選集を……46
線と丸……69
その穴は……63
そのまゝに……35
祖母立子……62

た行

大海の……6
大寒の……40
大根の……2
大根を
―水くしや〱に……43
―鷲づかみにし……50
大試験……22
鷹の目の……24
脱落し……62
たてかけて……24
たとふれば
―独楽のはぢける……35
―真萩の露の……64
旅鞄……65
ダンサーの……24
地球一万余……65
父母の……15
茶の花に……5
仲秋や
―院宣をまつ……8
―大陸に又……23
チューリップ……63
蝶々の……3
蝶もとび……41
月浴びて……14
月照らす……60
月も亦……39
月を思ひ……58
つく羽子の……26
鼓あぶる……4
椿艶……53
椿子と……54
椿先づ……31
梅雨傘を……37
露けさに……6
梅雨眠し……55
露の幹……11
停車場に……47
敵といふもの……49
手で顔を……56
手毬唄……40
手をかざし……19
天日の……14
と言ひて……6
籐椅子に……33
闘志尚……56
踏青や……16
灯台は……28
冬帝先づ……13
遠山に……4
どかと解く……13
時ものを……10
夙くくれし……15
土佐日記……23
登山する……59
年は唯……44
年を以て……10
怒濤岩を……2
戸の隙に……61
鶏にやる……48

な行

流れ行く……20
なつかしき……17
夏風邪は……39
夏草に……49
夏潮の……42
夏の月……12
夏痩の……13
夏山の……67
何よりも……55
何をもて……50
汝も我も……60
汝に謝す……57
何となく……30
鳰がゐて……40
二三子や……13
虹消えて……48
虹立ちて……47
虹の橋……52
楡新樹……54
人形まだ……13
人間吏となるも……11
濡縁に……9
根切虫……47

寝冷せし……13
眠れねば……62
能すみし……12
野を焼いて……12

は行

俳諧の……67
蝿叩……61
萩を見る……44
白雲と……29
白牡丹と……14
橋涼み……3
芭蕉忌や……34
バス来るや……28
畑打つて……16
裸子を……52
旗のごと……36
初句会……36
初空や……12
初蝶来……51
ぱつと火に……24
花の雨……25
はなびらの……18
花見にと……70
はなやぎて……19
羽子つこか……57
羽子をつき……64
薔薇呉れて……3
春惜む……56
春霞……68
春風や
—闘志いだきて……9
—柱像屋根を……33
春寒き……59
春寒の……14
春雨の……2
春の浜……25
春の山……72
春山を……66
半四郎……59
晩涼に……14
日凍てゝ……50
柊を……18
東山……18
東より……22
飛騨の生れ……23
一つ根に……9
人に恥ぢ……34
人々に……53
人病むや……3
独り句の……72
日のくれと……49
向日葵が……44
冷かや……8
昼寝覚め……43
昼寝する……69
灯をともす……72
風雅とは……71
風生と……69
楓林に……70
吹きつけて……31
河豚くふや……4
福引に……41
柴漬に……40
懐手して……42
船涼し……28
冬枯の……58
冬日柔か……36
冬山路……48
ふるさとに……45
ふるさとの……19
古椿……15
古綿子……32
父老健に……41
へこみたる……35
蛇穴を……3
牡丹の
—一弁落ちぬ……67
—一弁垂れし……68
蛍火の……51
牡丹あり……58
ほとゝぎす……61

ま行

交りは……47
松過ぎの……40
松虫に……3
幹にちよと……72
御車に……5
短夜や
—露領に近き……20
—夢も現も……59
湖の……47
湖も……53
道のべに……31
三つ食へば……5
皆降りて……28
蓑虫の……4
眉目よしと……34
見るところ……46

虫の音に……58
村の名も……6
眼つむれば……20
目を奪ひ……54
戻り来て……33
もの置けば……37
物の本……51
ものゝ芽の……16
桃咲くや……51

や行

夜学すゝむ……25
家持の……55
焼芋が……29
藪の中……71
山間の……26
山川に……43
山国の……49
山さけて……65
山寺に……63
山の蝶……31
山の月も……58
山辺の……42
山々の……39
闇なれば……22
やり羽子や……18
夕影は……23
悠久を……46
夕立や
—ぬれて戻りて……2
—森を出て来る……20
浴衣著て
—少女の乳房……27
—われも仏と……67
ゆらぎ見ゆ……57
熔岩の……19
余花に逢ふ……39
四方の戸の……48
よりそひて……17

ら行

来年は……71
落書の……21
落花生……36
落花のむ……25
爛々と……53
竜の玉……38
例の如く……66
歴史悲し……38
聾青畝……25
老衲火燵に在り……12
老梅の……72
老柳に……58
倫敦の
—春草を踏む……33
—濃霧の話……35

わ行

我心
—或時軽し……10
—春潮にあり……33
我生の……69
我が庭や……70
我が額……71
わが齢……60
わだつみに……17
われが来し……19
我れが行く……68
我静……38
われの星……23
我のみの……64
我を見て……66

季題索引

あ行

秋（あき）秋……28・37・38・39
秋袷（あきあわせ）秋……34
秋風（あきかぜ）秋……5・10・20・37・68・70
秋の蚊（あきのか）秋……26
秋の暮（あきのくれ）秋……49
秋の蟬（あきのせみ）秋……49
秋の空（あきのそら）秋……7・17・54
秋の蝶（あきのちょう）秋……28
秋の灯（あきのひ）秋……51
秋の山（あきのやま）秋……22・46・60・71
秋晴（あきばれ）秋……5・19・42・60
秋深し（あきふかし）秋……57
朝顔（あさがお）秋……56・61・71
蘆の花（あしのはな）秋……24
蘆火（あしび）秋……22
汗（あせ）夏……10
暑し（あつし）夏……33
天の川（あまのがわ）秋……11・46・55・60
網戸（あみど）夏……43
あやめ（あやめ）夏……17
鮊子（いかなご）春……46
泉（いずみ）夏……8
一茶忌（いっさき）冬……32
冱つる（いつる）冬……50・68
稲妻（いなずま）秋……36
犬ふぐり（いぬふぐり）春……57
茨の花（いばらのはな）夏……7
芋虫（いもむし）秋……34
鶯（うぐいす）春……15・27
梅（うめ）春……22・51・54・72
梅若忌（うめわかき）春……37
麗か（うららか）春……62
枝豆（えだまめ）秋……20
襟巻（えりまき）冬……26
炎天（えんてん）夏……21
閻魔参（えんままいり）夏……42
負真綿（おいまわた）冬……32
花魁草（おいらんそう）夏……30
桜桃の実（おうとうのみ）夏……52
送り火（おくりび）秋……7
お玉杓子（おたまじゃくし）春……14・66
落葉（おちば）冬……15・36
朧（おぼろ）春……2

か行

蛾（が）夏……7・29
鳰（かいつぶり）冬……40
傀儡師（かいらいし）新年……13
楓（かえで）秋……70
杜若（かきつばた）夏……17
風花（かざはな）冬……50
悴む（かじかむ）冬……38・65
霞（かすみ）春……68
風邪（かぜ）冬……45
風光る（かぜひかる）春……5
鰹（かつお）夏……35
黴（かび）夏……63
髪洗う（かみあらう）夏……43・52
鴨（かも）冬……32
雁（かり）秋……53
歌留多（かるた）新年……6・34
枯野（かれの）冬……4
寒鴉（かんがらす）冬……32
寒鯉（かんごい）冬……45
寒の内（かんのうち）冬……44
喜雨（きう）夏……41

菊（きく）秋……29
菊日和（きくびより）秋……64
北風（きた）冬……14
茸（きのこ）秋……53
胡瓜（きゅうり）夏……11
行水（ぎょうずい）夏……6
去来忌（きょらいき）秋……45
霧（きり）秋……26・28
桐一葉（きりひとは）秋……7
草枯（くさがれ）冬……60
蜘蛛（くも）夏……24・67
水母（くらげ）夏……17
暮の秋（くれのあき）秋……12
毛衣（けごろも）冬……24
罌粟の花（けしのはな）夏……10
香水（こうすい）夏……71
紅梅（こうばい）春……22・27・35・49・59
金亀虫（こがねむし）夏……8
去年（こぞ）新年……57・66
炬燵（こたつ）冬……50
独楽（こま）新年……35
更衣（ころもがえ）夏……69

さ行

西行忌（さいぎょうき）春……21
囀（さえずり）春……27
桜（さくら）春……68
桜餅（さくらもち）春……5
早苗（さなえ）夏……23
鯖（さば）夏……35
朱欒（ざぼん）冬……19
寒し（さむし）冬……38・47
爽か（さわやか）秋……46
紫苑（しおん）秋……53
子規忌（しきき）秋……43
時雨（しぐれ）冬……13・45
柴漬（しばづけ）冬……40
清水（しみず）夏……40
霜（しも）冬……9
春潮（しゅんちょう）春……21・33・48・56
春泥（しゅんでい）春……27
春眠（しゅんみん）春……41・44
除夜詣（じょやもうで）冬……32
白酒（しろざけ）春……47
新樹（しんじゅ）夏……54
新涼（しんりょう）秋……8・19
西瓜（すいか）秋……51
水仙（すいせん）冬……24
水飯（すいはん）夏……21
涼し（すずし）夏……14・28・41・52・69・70
納涼（すずみ）夏……3
蟬（せみ）夏……3・11
芹（せり）春……48
セル（せる）夏……16
走馬燈（そうまとう）夏……55
卒業（そつぎょう）春……31

た行

大寒（だいかん）冬……40
大根（だいこん）冬……20・43・50
大根の花（だいこんのはな）春……2
大試験（だいしけん）春……22
田植（たうえ）夏……69
鷹（たか）冬……24
滝（たき）夏……15・27
短日（たんじつ）冬……4・29
遅日（ちじつ）春……16・72
茶の花（ちゃのはな）冬……5
仲秋（ちゅうしゅう）秋……8・23
チューリップ（ちゅーりっぷ）春……63
蝶（ちょう）春……3・41・49
重陽（ちょうよう）秋……64
月（つき）秋

……4・17・19・30・37・39・47・49・58・60・61
椿（つばき）春
……15・53・54・57・65・67・70
摘草（つみくさ）春……9
冷し（つめたし）冬……8・56
梅雨（つゆ）夏……21・37・55
露（つゆ）秋……11・21
釣忍（つりしのぶ）夏……25
手毬（てまり）新年……40
籐椅子（とういす）夏……33・61
踏青（とうせい）春……16
蜥蜴（とかげ）夏……66
登山（とざん）夏……59
蜻蛉（とんぼ）秋……38

な行

夏帯（なつおび）夏……13
夏草（なつくさ）夏……49
夏の海（なつのうみ）夏……33
夏の風邪（なつのかぜ）夏……39
夏の潮（なつのしお）夏……42
夏の月（なつのつき）夏……12
夏の山（なつのやま）夏……67
夏羽織（なつばおり）夏……31
夏痩（なつやせ）夏……13
七日（なぬか）新年……50
虹（にじ）夏……28・47・48・52・69
根切虫（ねきりむし）夏……47
猫の子（ねこのこ）春……46
寝冷（ねびえ）夏……13
野菊（のぎく）秋……12
後の月（のちのつき）秋……6
幟（のぼり）夏……4
蚤（のみ）夏……53
野焼（のやき）春……12
野分（のわき）秋……30

は行

蠅（はえ）夏……63
蠅叩（はえたたき）夏……61
墓参（はかまいり）秋……8
萩（はぎ）秋……44・64
羽子板（はごいた）新年
……18・26・32・57・64
芭蕉忌（ばしょうき）冬……34
畑打（はたうち）春……16
裸（はだか）夏……22・52
跣足（はだし）夏……19
初嵐（はつあらし）秋……30
二十日正月（はつかしょうがつ）新年
……59
初句会（はつくかい）新年……36
初空（はつぞら）新年……12
初蝶（はつちょう）春……51
初春（はつはる）新年
……57・61・62・71・72
初詣（はつもうで）新年……30・34
花（はな）春……2・18・25・46・55・72
花菖蒲（はなしょうぶ）夏……18
バナナ（ばなな）夏……30
花の雨（はなのあめ）春……18・25
花見（はなみ）春……68・70
破魔弓（はまゆみ）新年……24
薔薇（ばら）夏……3
春惜む（はるおしむ）春……29・56
春風（はるかぜ）春……9・31・33・56
春寒（はるさむ）春……14・59・62
春雨（はるさめ）春……2
春の海（はるのうみ）春……25・55
春の草（はるのくさ）春……7・33
春の土（はるのつち）春……31
春の水（はるのみず）春……9・38
春の山（はるのやま）春……66・72
春の闇（はるのやみ）春……72
春の宵（はるのよい）春……20

春待つ（はるまつ）冬……10
柊の花（ひいらぎのはな）冬……18
旱（ひでり）夏……6
人丸忌（ひとまるき）春……42
日永（ひなが）春……65
日向ぼこ（ひなたぼこ）冬……35
向日葵（ひまわり）夏……44
日除（ひよけ）夏……63
昼寝（ひるね）夏……43・69
蕗の薹（ふきのとう）春……15
福引（ふくびき）新年……41
噴井（ふけい）夏……14
二日（ふつか）新年……66
懐手（ふところで）冬……42
蒲団（ふとん）冬……9
冬（ふゆ）冬……13
冬枯（ふゆがれ）冬……58
冬木（ふゆき）冬……16・29
冬籠（ふゆごもり）冬……50
冬の蝶（ふゆのちょう）冬……26
冬の日（ふゆのひ）冬
……36・48・65・70・71
冬の山（ふゆのやま）冬……48
冬の夜（ふゆのよ）冬……62
蛇（へび）夏……69
蛇穴を出づ（へびあなをいず）春……3
遍路（へんろ）春……31
防風（ぼうふう）春……45
朴の花（ほおのはな）夏……43
星月夜（ほしづきよ）秋……23
蛍（ほたる）夏……51
牡丹（ぼたん）夏……14・58・67・68
時鳥（ほととぎす）夏……4・5・23・61

ま行

松過（まつすぎ）新年……40
松虫（まつむし）秋……3
短夜（みじかよ）夏……20・59・64
水中り（みずあたり）夏……35
水温む（みずぬるむ）春……11・62
蓑虫（みのむし）秋……4
都鳥（みやこどり）冬……42
迎火（むかえび）秋……2
麦蒔（むぎまき）冬……6
虫（むし）秋……58
鳴雪忌（めいせつき）春……41
藻刈（もかり）夏……23
ものの芽（もののめ）春……16
紅葉（もみじ）秋……52
桃の花（もものはな）春……51・54
守武忌（もりたけき）秋……39

や行

夜学（やがく）秋……25・45
焼藷（やきいも）冬……29
柳（やなぎ）春……58・60
夕立（ゆうだち）夏……2・17・20
浴衣（ゆかた）夏……27・31・34・65・67
雪解（ゆきどけ）春……48
行く年（ゆくとし）冬……10・44・62
余花（よか）夏……39
余寒（よかん）春……10
夜寒（よさむ）秋……6・47
夜長（よなが）秋……15・28

ら行

落第（らくだい）春……59
落花（らっか）春……9・23・25・63
落花生（らっかせい）秋……36
立春（りっしゅん）春……12
流星（りゅうせい）秋……66
竜の玉（りゅうのたま）冬……38
緑蔭（りょくいん）夏……67
林檎（りんご）秋……56
林檎の花（りんごのはな）春……39

わ行

若葉（わかば）夏……65
和布（わかめ）春……37
鷲（わし）冬……54
渡り鳥（わたりどり）秋……11
笑初（わらいぞめ）新年……44

高濱虚子（1874 ～ 1959）

明治７（1874）年２月22日池内庄四郎政忠・柳の五男として松山に生れた。本名清（キヨシ）。明治15年祖母方の高濱家を継ぐ。明治24年同学河東碧梧桐を介して正岡子規に手紙を送り、子規の下で碧梧桐と双璧となった。虚子の号は子規の命名。明治30年柳原極堂が松山で発刊した「ほとゝぎす」を東京に移しその発行人となり、生涯「ホトトギス」により活躍した。明治35年子規没後しばらく散文に没入するが、大正２（1913）年碧梧桐の新傾向に反対し俳句に復活、「ホトトギス」雑詠欄の選句で、次々と作家を発掘した。昭和３（1928）年「花鳥諷詠」を提唱、生涯の俳句観として俳句界をリードした。昭和19年信州小諸に疎開、小諸時代とも呼ばれる俳句を作り小説も書いた。昭和26年「ホトトギス」雑詠選を長男年尾に譲るが、その後は次女星野立子主宰「玉藻」を拠点とし活躍した。昭和29年文化勲章を受け、昭和30年よりは朝日新聞の選に俳話を加えた。昭和34年４月８日没。享年85歳。墓は鎌倉寿福寺にある。

句集『五百句』『五百五十句』『六百句』『六百五十句』『小諸百句』『喜寿艶』『虚子秀句』「七百五十句」など。創作集『俳諧師』『朝鮮』『柿二つ』『風流懺法』『渡仏日記』『俳句の五十年』『小諸雑記』『虹』『椿子物語』など。俳論俳話集『俳句とはどんなものか』『俳句の作りやう』『俳句は斯く解しかく味ふ』『俳句読本』『俳談』『俳句への道』『虚子俳話』など。俳句選集『ホトトギス雑詠選集』（４冊）虚子編『新歳時記』。『全集』に改造社版（12巻）創元社版（12巻）毎日新聞社版（15巻）。

深見けんニ（1922～）

大正11（1922）年３月５日福島県郡山生まれ。本名謙二。昭和17年高濱虚子、18年山口青邨に師事。昭和28年「夏草」同人。昭和34年「ホトトギス」同人。平成３年「花鳥来」創刊主宰。句集に『花鳥来』（俳人協会賞）『日月』（詩歌文学館賞）『菫濃く』（蛇笏賞）『深見けんニ俳句集成』など13冊。著作に『虚子の天地』『四季を詠む』『折にふれて』『選は創作なり―高浜虚子を読み解く』など。「珊」「秀」同人。俳人協会顧問、楊名時太極拳師範。

発　行　二〇一八年一月二八日　初版発行

著　者　高濱虚子

編　者　深見けん二

発行人　山岡喜美子

発行所　ふらんす堂

〒182-0002　東京都調布市仙川町一―一五―三八―二F

TEL（〇三）三三二六―九〇六一　FAX（〇三）三三二六―六九一九

高濱虚子精選句集　遠山　ふらんす堂文庫

URL http://furansudo.com/　E-mail info@furansudo.com

装　丁　山口信博

素　描　しゅんしゅん

印刷所　日本ハイコム㈱

製本所　㈱新広社

定　価　本体一五〇〇円＋税

ISBN978-4-7814-1022-7 C0092 ¥1500E

新装判ふらんす堂文庫　1500円

久保田万太郎句集　『こでまり抄《しょう》』　成瀬櫻桃子編
富安風生句集　『愛《あい》は一如《いちにょ》』　鈴木貞雄編
高濱虚子句集　『遠山《とおやま》』　深見けん二編

刊行予定
高柳重信句集　『夜想曲《やそうきょく》』　中村苑子編
岡本　眸句集　『自愛《じあい》』
星野立子句集　『月《つき》を仰《あお》ぐ』　西村和子編
芝　不器男句集　『麦車《むぎぐるま》』　飴山實編
芥川龍之介句集　『夕《ゆう》ごころ』　草間時彦編
石田波郷句集　『初蝶《はつちょう》』　石田勝彦編
高野素十句集　『空《くう》』　倉田紘文編
木下夕爾句集　『菜《な》の花集《はなしゅう》』　成瀬櫻桃子編
正岡子規句集　『鶏頭《けいとう》』　小室善弘編

精選句集シリーズ　1200円

野見山朱鳥句集　『朱《しゅ》』　野見山ひふみ編
前田普羅句集　『雪山《ゆきやま》』　中西舗土編
後藤夜半句集　『破《やぶ》れ傘《がさ》』　後藤比奈夫編
原　石鼎句集　『吉野《よしの》の花《はな》』　原　裕編
京極杞陽句集　『六《むっ》の花《はな》』　山田弘子編

今井つる女句集　『吾亦紅《われもこう》』　今井千鶴子編
安住　敦句集　『柿《かき》の木坂《きざか》だより』　西嶋あさ子編
飯田龍太句集　『山《やま》のこゑ』　廣瀬直人編
中村草田男句集　『炎熱《えんねつ》』　横澤放川編
水原秋櫻子句集　『群青《ぐんじょう》』　徳田千鶴子編
高濱虚子句集　『遠山《とおやま》』　深見けん二編
細見綾子句集　『手織《ており》』　石田郷子編

テーマ別精選句集シリーズ　1200円

能村登四郎句集　『人間頌歌《にんげんしょうか》』
桂　信子句集　『彩《あや》』
加藤楸邨句集　『猫《ねこ》』
鷲谷七菜子句集　『水韻《すいいん》』
山口誓子句集　『山嶽《さんがく》』
阿波野青畝句集　『遍照《へんじょう》』　松井利彦編
清崎敏郎句集　『花鳥《かちょう》』
森　澄雄句集　『はなはみな』
原　裕句集　『風土《ふうど》』
加藤郁乎句集　『粋座《すいざ》』
永田耕衣句集　『生死《しょうじ》』
鷹羽狩行句集　『女人抄《にょにんしょう》』
金子兜太句集　『黄《こう》』
三橋敏雄句集　『海《うみ》』

野澤節子句集　『光波《こうは》』
山田みづえ句集　『樹冠《じゅかん》』
上田五千石句集　『遊山《ゆさん》』
矢島渚男句集　『梟《ふくろう》のうた』
中村苑子句集　『白鳥《はくちょう》の歌《うた》』
安東次男句集　『流《りゅう》』
鍵和田秞子句集　『花詞《はなことば》』
後藤比奈夫句集　『花競《はなくら》べ』
石田勝彦句集　『鷗《かもめ》』
高橋睦郎句集　『花行《けぎょう》』
草間時彦句集　『池畔《ちはん》』
深見けん二句集　『水影《みずかげ》』
後藤比奈夫句集　『心《こころ》の花』
鷹羽狩行句集　『山河《さんが》』
星野　椿句集　『金風《きんぷう》』
矢島渚男句集　『野菊《のぎく》のうた』

旅シリーズ　１２００円

古舘曹人著　『日本海歳時記《にほんかいさいじき》』
森　澄雄著　『古都悠遊《ことゆうゆう》』
藤田湘子著　『信濃山河抄《しなのさんがしょう》』
松崎鉄之介著　『中国六十年《ちゅうごくろくじゅうねん》』

シリーズ詩歌

山下一海著　『俳々逸諧《はいはいいっかい》』　１２００円
眞鍋呉夫著　『夢《ゆめ》みる力《ちから》』　〃
宗　左近著　『月《つき》の海《うみ》』　〃
安東次男著　『其句其人《そのくそのひと》』　〃
高橋順子著　『川《かわ》から来《き》た人《ひと》』　１４２９円
森　澄雄著　『俳句遊心《はいくゆうしん》』　１５００円
深見けん二著　『折《おり》にふれて』　〃
有馬朗人著　『ゆっくり行《い》こう』　〃